ZORRITO

ZORRITO

MARILYN JANOVITZ

Traducido por Ariel Almohar

Ediciones Norte-Sur · New York · London

A Zorrito le gustaba treparse a los sillones. Pero no al suyo: era muy pequeño. Y el de Papá era muy grande. En cambio el sillón de Mamá era perfecto.

—¡No te trepes al sillón! —decía Mamá.

A Zorrito le gustaba saltar. Pero no en su sillón: era
demasiado blando. Y el de Papá era muy duro. En cambio
el sillón de Mamá era perfecto.

—¡No saltes en el sillón! —decía Mamá.

El sillón de Mamá también era perfecto para cabalgar.
Zorrito ganaba todas las carreras.

—¡Vas a romper el sillón! —decía Mamá.

Un día Zorrito se quedó dormido en el sillón.

Y mientras Zorrito dormía, el sillón se rompió.

—¡Oh, no! —dijeron Mamá y Papá.

—¡Fue sin querer! —dijo Zorrito apenado.

Papá juntó todos los pedazos del sillón y se los llevó.

—¿Dónde me voy a sentar ahora? —se quejó Mamá.

—Puedes sentarte en mi sillón —dijo Zorrito.

Mamá probó el sillón de Zorrito.

—No —dijo ella—. Es muy pequeño y muy blando.

—Prueba el mío —dijo Papá.

Mamá probó el sillón de Papá.

—No —dijo—. Es muy grande y muy duro.

—Entonces vamos a comprar uno nuevo —propuso Papá.

Al día siguiente, Papá, Mamá y Zorrito fueron a la
tienda donde vendían sillas y sillones.

—¡Compremos ésta! —dijo Zorrito.

—No —dijo Mamá—. Esta silla no es para mí.

—¡Mira! —dijo Papá—. ¡Este sillón puede hacer de todo!

—Yo no quiero un sillón que haga cosas —dijo
Mamá—. Sigamos buscando.

Mamá se sentó en un sillón y después en otro y después en otro más.

Uno tras otro, probó todos y cada uno de los sillones,
hasta que no dejó silla ni sillón sin probar en toda la tienda.

—Vamos a casa —dijo Mamá, cansada—. Ninguno de
estos sillones es para mí.

Al día siguiente, Zorrito se sentó en su pequeño y blando sillón. Papá se sentó en su sillón grande y duro. Donde antes había estado el sillón de Mamá, ahora había un enorme espacio vacío.

Zorrito le susurró algo a Papá y los dos fueron al fondo
de la casa.

Allí midieron, serrucharon, martillaron y pegaron
los pedazos del sillón roto. Y muy pronto, el sillón de
Mamá quedó como nuevo.

Con mucho cuidado, lo pusieron en el lugar de siempre.

—Mamá, ven a probar este nuevo sillón —dijo Zorrito.

—Vamos a ver —dijo Mamá mientras probaba el
sillón—. Sí, este sillón es perfecto.

—Ven, Zorrito —dijo Mamá—. Siéntate conmigo. Vamos
a leer un cuento.

—¿Que me siente en tu sillón? —preguntó Zorrito.
—Claro —dijo Mamá—. Para eso están los sillones.

Zorrito se acomodó contento junto a su mamá.

—Me gusta leer —dijo Zorrito.

Y para leer, no hay nada en el mundo como el sillón de Mamá.

Para Estelle

First Spanish-language edition published in the United States and Canada in 2002 by
Ediciones Norte-Sur, an imprint of Nord-Süd Verlag AG, Gossau Zürich, Switzerland.
Distributed in the United States by North-South Books Inc., New York.

Library of Congress Cataloging-in-Publication Data is available.
Spanish version supervised by Sur Editorial Group.

The illustrations in this book were created
with colored pencil and watercolor.
Designed by Marc Cheshire

ISBN 0-7358-1573-9 (trade edition)
1 3 5 7 9 HC 10 8 6 4 2
ISBN 0-7358-1574-7 (paperback edition)
1 3 5 7 9 PB 10 8 6 4 2
Printed in Belgium

Para obtener más información sobre nuestros libros, y los autores e
ilustradores que los crean, visite nuestra página en www.northsouth.com